AF455475

1900. Janvier 29

COLLECTION DE NOURY DE CURZON

OBJETS D'ART ET DE CURIOSITÉ

VENTE AUX ENCHÈRES PUBLIQUES

APRÈS DÉCÈS

CLOITRE SAINT-PIERRE-EMPONT, 15

Près le Temple protestant

A ORLÉANS

29-31 JANVIER 1900

ORDRE DES VACATIONS

LUNDI 29 janvier 1900.

Peinture	31 à 49
Sculpture	91 à 110
Céramique	186 à 209
Horloge et bijoux	238 à 248
Numismatique	375 à 384
Livres et estampes (page 41)	1 à 53

MARDI 30 janvier.

Peinture	16 à 30
Sculpture	71 à 90
Céramique	142 *bis* à 185
Emaux	220 à 237
Armes, etc,	320 à 374

MERCREDI 31 janvier.

Peinture	1 à 15
Céramique	111 à 142
Emaux	210 à 219
Divers	249 à 319
Sculpture	50 à 70

ORLÉANS. — IMP. P. PIGELET.

TABLE

CONDITIONS DE LA VENTE

Elle sera faite au comptant. Les acquéreurs paieront 6 pour 100 en plus des prix d'adjudication.

Exposition publique, le dimanche 28 Janvier 1900, de midi à quatre heures, cloître Saint-Pierre-Empont, n° 15.

L'ordre de la vente est à la 4ᵉ page de la couverture.

On a conservé les attributions du possesseur, sans toutefois, en garantir l'exactitude.

L'exposition mettant le public à même de se rendre compte de l'état des objets, aucune réclamation ne sera admise une fois l'adjudication prononcée.

M. Herluison se chargera des commissions qu'on voudra bien lui confier.

CATALOGUE

DES PEINTURES

SCULPTURES, BAHUTS, MEUBLES

ANCIENNES FAIENCES ET PORCELAINES

ÉMAUX

BIJOUX, ARMES, MÉDAILLES

LIVRES ET ESTAMPES

PROVENANT DE LA COLLECTION DE MM. S. DE NOURY
ET E. LEROY DE CURZON

VENTE A ORLÉANS

Cloître Saint-Pierre-Empont, 15

Près le Temple protestant

Les lundi 29, mardi 30 et mercredi 31 Janvier 1900
à une heure de l'après-midi

Par le Ministère de l'un de MM. les Commissaires-Priseurs d'Orléans
ASSISTÉ DE M. HERLUISON, LIBRAIRE-EXPERT

Le présent Catalogue se distribue

A ORLÉANS

CHEZ H. HERLUISON, LIBRAIRE

17, RUE JEANNE D'ARC, 17

Et chez le Concierge de la Salle des Ventes

—

1900

I. — PEINTURE

1. La Vierge et l'Enfant Jésus ; sur la gauche, une reine. Ecole italienne, peinture sur bois. XVIIe siècle.

Hauteur 0,50. — Largeur 0,40.

2. La Vierge et l'Enfant Jésus, peinture sur cuivre dans un petit cadre ovale en bois sculpté.

3. Le Sauveur du monde, peinture russe.

H. 0,105. — L. 0,085.

4. Un saint tenant un crucifix, peinture sur bois. Au revers du panneau : armoiries, une légende et la date de 1758.

H. 0,210. — L. 0,165.

5. Livre ouvert, trompe-l'œil par Berthault, peintre de Louis XIV, carton.

Sur le livre les armes de Colbert.

6. Place du Marché à Gien, toile par Chouppe, 1852.

H. 0,34. — L. 0,26.

7. Scène d'intérieur au palais d'un empereur de la Chine. Au revers : paysage. Deux peintures sur albâtre avec cadre et verre à double face.

8. Amours jouant à la main chaude, bouton peinture sur cuir, dans le goût de F. Boucher.

Diamètre 0,040.

9. La marquise DE VERNEUIL (Henriette de Balzac d'Entragues), maîtresse de Henri IV.*

Bois, auteur inconnu, école des Clouet, XVIIe siècle.

En buste de trois quarts à droite ; robe ouverte garnie de dentelles ; corsage rouge avec broderies ; diamants dans les cheveux ; collier de perles.

Cet intéressant portrait provient des collections de Philippe d'Orléans Régent. Une longue note manuscrite du temps relative à la fille de Marie Touchet, est collée par derrière.

H. 0,35. — L. 0,26.

10. Portrait d'abbesse, petite peinture à six pans, sur cuivre, XVIIe siècle *.

Elle est vêtue d'une soutane blanche, avec coiffe de même.

MINIATURES, GOUACHES, DESSINS

11. La Vierge de saint Luc, dans la chapelle Borghèse, à Sainte-Marie-Majeure, à Rome ; peinture à l'eau, dans une jolie bordure en bois sculpté et doré.

H. 0,30. — L. 0,24.

12. La Sainte-Vierge et saint Joseph devant l'Enfant Jésus, gouache, XVIIe siècle.

13. La Vierge, reine du ciel, miniature sur ivoire, XVIIIe siècle, dans un cadre ovale en cuivre *.

La Vierge, entourée de groupes d'anges, tient un sceptre de la main gauche et tend la droite à une reine de France, comme pour lui préparer la voie céleste. Dans les nuages, deux figures. Cette composition allégorique est inachevée. La figure principale est en blanc.

H. 0,140. — L. 0,115.

14. La Vierge et l'Enfant Jésus, miniature ovale avec cadre cuivre, XVIIIe siècle.

H. 0,076. — L. 0,064.

15. La Circoncision, miniature du XVe siècle sur vélin, cadre en bois sculpté.

L. 0,105. — H. 0,080.

16. La Descente du Saint-Esprit sur les Apôtres, miniature sur vélin, XVIe siècle.

H. 0,135. — L. 0,095.

17. Sainte Thérèse, miniature ovale sur vélin, XVIIIe siècle, bordure dorée.

18. Initiale d'antiphonaire du XIVe siècle. Lettre O encadrant une scène de l'Ecriture Sainte où figurent une vingtaine de personnages. Miniature or et couleur.

19. Lettres initiales ornées, miniatures en or et couleur tirées des livres liturgiques, XVe et XVIe siècles. Cinq pièces encadrées.

L'une porte les armoiries d'un abbé suspendues à un arbre : d'azur à la bande, componnée d'or et de gueules ; devise : *Cujus livore sanati sui jus.*

20. La Musique et autres figures allégoriques. Cinq miniatures ou gouaches, encadr., bordures anciennes.

21. Pastorale dans le goût de Watteau, gouache XVIIIe siècle. Cadre en écaille orné de gouaches montrant, sous des glaces biseautées, des sujets chinois.

L. 0,144. — H. 0,090.

22. Homme et dame de qualité en costumes de l'époque Louis XIV, estampes de N. de Larmessin, tirées sur soie, peintes et ornées de pailles de couleurs.

H. 0,23. — L. 0,16.

23. Faune jouant avec un bouc, miniature en camaïeu sur fond noir, par Degault.

24. PORTRAITS D'HOMME ET DE DAME, peints à l'huile, face et revers sur plaque de cuivre, époque Henri IV, cadre ovale à double verre.

Intéressants petits portraits. Le mari porte un large col encadrant sa barbe, Son nom inscrit en or est en partie effacé. On lit : AN..... ÆT. SUÆ 53. La tête de la femme est encadrée par une large collerette de dentelle relevée ; un collier de perles pend à son cou.

H. 0,046. — L. 0,038.

25. Jeanne d'Arc, ancien portrait à l'huile, toile. Elle est représentée avec son chapel panaché, tenant son épée à la main.

H. 0,50. — L. 0,48.

26. Mme DE FORCALQUIER, portrait au pastel attribué à La Tour. Dans une bordure dorée.

Jolie tête portant un voile et des fleurs dans les cheveux.

H. 0,39. — L. 0,31.

27. Portrait de femme, coiffure Marie-Antoinette, miniature ovale.

Dessus de boîte.

H. 0,045. — L. 0,037.

28. Portrait de Mme de Noury, miniature ovale, chiffre en cheveux derrière.

29. Portrait de femme assise, coiffure Charlotte Corday, miniature sur vélin.

Diamèt. 0,080.

30. Portrait de femme, miniature par Gorthault (enc.).

Diamèt. 0,064.

31. Portrait de magistrat du temps de Louis XIV, miniature dans un cadre ovale doré.

H. 0,68. — L. 0,50.

32. Scène champêtre. Sépia attribuée à Nicolas Berghem.

33. La Paix et l'Abondance, beau dessin à la Sépia, par Bartholomeo Cariolano.

H. 0,21. — L. 0,15

34. Desfriches. Vue de la propriété du Caillou, sur les bords du Loiret, 1777.

Très joli dessin à la pierre noire, avec bordure en bois sculpté et ajouré.

35. Desfriches. Paysage avec personnages et maisons, 1762 *.

H. 0,15. — L. 0,20.

36. Portrait de jeune garçon, esquissé au crayon, rehaussé de couleurs (XVIIIe siècle), dans un cadre ovale.

37. Louis XVI et Marie-Antoinette, deux planches en cuivre, gravées *.

38. Animaux d'après Van der Meer, gravés par de Jonge, 1685. — Le singe qui se sert de la patte du chat pour tirer les marrons du feu. Trois planches gravées sur cuivre *.

39. Jeanne d'Arc à cheval combattant les Anglais. De la main droite, elle tient sa bannière, de la gauche, une épée levée en l'air. Bois populaire de l'officine de Letourmi, d'Orléans.

H. 0,28 1/2. — L. 0,20.

40. L'Amour enfant, lavis en couleur du XVIIIe siècle, dans le goût de l'Albane*.

H. 0,20. — L. 0,15.

41. Paysage avec bassin et fontaine rustique, architecture ornementale, par Moucheron, dessin à la plume. Glomisé *.

H. 182. — L. 128.

42. Bergère, dessin à la pierre rouge dans le goût de Boucher, XVIIIe siècle *.

H. 0,28. — L. 0,19.

PEINTURE SUR VERRE

43. *Ecce homo*, composition comprenant cinq figures, XVIIe siècle.

H. 0,21. — L. 0,20.

44. La tête de saint Jean-Baptiste présentée à Hérodiade, peinture sur verre, XVIe siècle.

H. et L. 0,20.

45. La Crucifixion. Dans le fond : la ville de Jérusalem. Ovale, xve siècle.

H. 0,24. — L. 0,19.

46. La Vierge et l'Enfant Jésus tenant la boule du monde, verrière du xvie siècle, provenant d'une maison portant le n° 8 de la rue de la Hallebarde *.

H. 180. — L. 135.

47. Main bénissant la Croix couronnée d'épines. Chiffre de Louis XIV et le soleil, deux fragments de verrière de Le Vieil, provenant de la cathédrale d'Orléans, xviie siècle.

H. 0,47. — L. 0,15.

48. Chasse au cerf. Au premier plan : un cavalier, xviie siècle.

H. et L. 110.

49. La Nativité et cinq petites figures, verre peint du xvie siècle. Encadrées dans un panneau de verre moderne *.

Diamètre du médaillon, 0,20.

II. — SCULPTURE

A. — PIERRE, BOIS, MEUBLES

50. La Salutation angélique. L'Adoration des Mages. Les Noces de Cana. Trois albâtres peints et dorés, encadrés.

L. 0,130 sur 0,095 env.

51. *Ecce Homo* et buste d'homme, pierre. Deux pièces.

52. Jeanne d'Arc, petit buste en terre cuite monté sur pied, XVIIIe siècle.

53. Louis XV, tête montée sur socle. Terre cuite.

54. PORTRAIT DE FEMME, vue de profil, en buste, face dirigée à gauche, cheveux relevés, chemisette à dentelle. Cire, XVIIIe siecle, dans un cadre ovale doré *.

H. 0,10.

55. PORTRAIT D'HOMME, vu de profil, en buste, visage dirigé à gauche, chevelure à marteau. Il porte en sautoir le grand-cordon de l'ordre de Saint-Michel. Cire, XVIIIe siècle *.

H. 0,08

56. La Cène, bas-relief en bois du XVIIe siècle.

L. 0,230. — H. 0,125.

57. Les Héliades, filles d'Hélios, nymphes sœurs de Phaéton métamorphosées en arbres. Plaque octogone en bois d'ébène.

H. et L. 0,21.

58. Jeanne d'Arc tenant son épée, sculpture sur bois. Travail moderne.

59. Bénitier en bois sculpté et doré. Au centre sont figures les instruments de la Passion, XVIIe siècle.

60. CADRE LOUIS XIV en bois doré. Joli travail, avec une gracieuse guirlande ajourée, évidée et dorée.

H. 0,36. — L. 0,28.

61. Vieille console en bois sculpté et doré.

62. Miroir Louis XIII, glace biseautée, cadre écaille avec appliques en cuivre repoussé.

H. 0,40. — L. 0,35.

63. L'Adoration des Mages, rétable en bois sculpté. Travail espagnol avec de nombreuses figures, peintes, sur la crèche.

H. 0,90. — L. 0,52.

64. Deux panneaux bois, semis de fleurs de lys dans des losanges, surmonté d'une ornementation ogivale. XVIIe siècle.

H. 0,80. — L. 0,50.

65. GRAND PANNEAU à six compartiments, dans lesquels sont figurés les attributs de la Guerre, l'Agriculture, l'Amour et la Musique ; époque Henri II.

H. 1,10. — L. 0,50.

66. GRANDE ET BELLE FRISE de la Renaissance. Au centre : l'Amour entre des rinceaux formant pendants.

L. 3 m. — H. 0,45.

Quoique endommagée dans sa partie droite, ce remarquable travail de sculpture est néanmoins complet puisque son ornementation se répétait de chaque côté.

67. FRISE du XVIe siècle, sculpture en haut relief.

Auprès d'une fontaine sommeille un chasseur, près de lui un cerf et derrière un cavalier tenant son cheval par la bride. De l'autre côté de la fontaine, l'Amour et une femme entraînée vers une maison par un homme.

L. 1,50. — H. 0,25.

68. BAHUT du XVIe siècle, avec une belle serrure en fer forgé, à la Salamandre et aux armes de France.

Scène de chevalerie divisée en sept compartiments. Au centre, une femme se perçant d'une épée ; à droite et à gauche, un chevalier terrassant le lion, souverain ou seigneur à cheval, hallebardier. Sur les côtés, deux grandes figures grotesques en buste : la Folie, etc.

L. 1,77. — L. 0,64. — H. 0,65.

69. DEVANT de bahut ou frise représentant des bergeries, sculpture en bois ajouré.

L. 0,80. — L. 0,28.

70. PETIT BAHUT du XVIe siècle.

Composition de la Renaissance. Les panneaux qui décorent la face sont au nombre de trois. Au centre, la Vierge et l'Enfant Jésus ; a droite et à gauche, séparés par des pilastres, compartiments renfermant des saints. Des dais surmontent les figures.

L. 0,97. — L. et H. 0,60.

71. DEVANT de bahut avec ornement du XVIe siècle, style flamboyant.

L. 1,80. — L. 0,50.

72. DEVANT de bahut du XVIe siècle.

Au centre, un évêque ; de chaque côté, un buste de personnage ; au-dessus, frise figurant une chasse d'animaux fantastiques.

L. 1,15. — H. 0,57.

73. BUFFET A DEUX CORPS, avec feuillages et rinceaux dans les panneaux, XVIII siè c le.

H. 1,65. — L. 1,15.

74. COMMODE EN MARQUETERIE, époque Louis XIII.

Personnages et ornements sur le dessus et sur les cinq tiroirs. Bouquets de fleurs sur les côtés, dans un losange.

L. 1,20. — 0,64.

75. Fauteuil Louis XIII, en bois.

76. Deux tabourets Louis XIII, en bois, l'un couvert en tapisserie.

77. Fût de fauteuil Louis XIII, en bois de fer, provenant des anciens vice-rois de Portugal dans les Indes *.

78. Fauteuil bergère à dossier arrondi, à pieds cannelés, époque Louis XVI. Peint en blanc.*

B. - IVOIRE, OS, NACRE, ETC.

79. La Trinité, volet de triptyque, XIVe siècle.

Sous un portique gothique, le Père Eternel assis étend les bras, ses mains soutiennent la croix sur laquelle son fils est attaché. On lit au bas : Mardy : mardy.

H. 0,102. — L. 0,066

80. La sainte Vierge, sainte Catherine et saint Jean l'évangéliste, volet de triptyque du XVe siècle.

Sous la triple arcature du haut se voient des anges couronnant la Vierge et ensençant les saints.

H. 0,125 — L. 0,085

81. Henri IV, profil sculpté sur ivoire, sous verre, cadre doré.

82. La reine Marie-Antoinette, profil en ivoire sculpté en haut-relief, encadré.

83. R. J. Pothier, jurisconsulte orléanais, profil en ivoire sculpté.

84. Têtes d'homme et de femme sous verre dans un cadre rond.

85. Jeanne d'Arc, d'après la statue équestre de Foyatier, plaque gravée.

86. Jeanne d'Arc, deux plaques ivoire, gravées, encadrées.

87. Vue de la ville d'Orléans au temps du siège des Anglais. D'après l'ancienne bannière processionnelle.

Plaque en ivoire gravée, travail moderne dans un joli cadre Louis XIV, en ébène, avec appliques en cuivre.

88. Dunois (le comte de) Bâtard d'Orléans, plaque en ivoire.

89. Groupe de deux enfants, l'un portant l'autre, ivoire, XVIIIe siècle.

90. Buste de femme, ivoire sur socle en marbre.

91. Homme et femme couchés jouant avec des enfants, deux presse-papier chinois.

92. Coffret en os sculpté. Le revêtement est composé de dix pièces, sur chaque se voient deux figures.

93. Pulvérin en bois d'ébène avec incrustations d'ivoire, monture et garniture en cuivre doré. Travail italien, XVIIe siècle.

94. Pulvérin, sur lequel est gravé un sujet de chasse. Travail allemand, XVIIe siècle.

95. Pulvérin en ivoire, représentant une femme nue, tenant une couronne. Ecole de Fontainebleau, XVIIe siècle.

96. Pulvérin en corne.

D'un côté sont gravés la Guerre et ses attributs ; de l'autre un écusson armorié, avec ses lambrequins. Travail allemand, XVIIe siècle.

97. Pulvérin en corne gravé : chasseur et son chien.

98. Pulvérin en corne : guerrier allemand, sabre et bouclier en mains.

99. Pulvérin en corne de cerf. Jeanne d'Arc d'après Simon Vouet et armoiries de la ville d'Orléans et de la Pucelle.

100. Deux dents de morse unies par une garniture d'argent, amulette arabe.

101. Râpes à tabac à sujet flamand et Jeanne d'Arc avec les armes d'Orléans.

102. Etui à lunettes en forme de poisson, XVIIIe siècle.

103. Etui. Buste de femme en costume du temps de Louis XIV.

104. Gaine à couteau et à fourchette, XVe siècle.

D'un côté, le roi David, de l'autre, un guerrier. Les manches du couteau et de la fouchette figurent Adam et Eve.

105. Fourchette dont le manche en ivoire est incrusté d'argent. Couteau avec personnage.

106. Couteau et fourchette dont les manches représentent une Minerve.

107. Modèle de l'église de la Nativité à Bethléem, bois avec incrustations de nacre gravée.

108. Deux sujets tirés du Cantique des cantiques de Salomon, sculpture sur nacre.

109. BEAU COFFRE de chapelle en bois incrusté d'ornements et de rinceaux d'ivoire, ayant servi de réserve pour le Vendredi Saint. Il porte sur le couvercle bombé le monogramme des Oratoriens : *Jesus Maria*, entouré d'une couronne d'épines, inscription également répétée à l'intérieur, en marbueterie de bois rouge sur fond noir. Poignée et coins en cuivre. Epoque Louis XIII.

L. 0,50 .— L. 0,34 .— H. 0 21 .

110. MÉDAILLER. Ce meuble mesure 0,48 de large sur 0,42 de haut. Il est composé de 18 tiroirs plaqués en bois d'ébène, incrusté d'ornements d'argent. Il peut contenir 1450 médailles. Douze des tiroirs contiennent des cartons à trous recouverts en peau rouge, dorée d'un semis de fleurs de lys*.

III. — CÉRAMIQUE

A. — FAIENCES

Bernard Palissy

111. COUPE RONDE décorée en relief de six mascarons reliés par des entrelacs émaillés blanc et feuillages en relief vert, blanc et manganèse. Le centre en forme de rosace en relief même coloris. Le revers en émail jaspé gris, manganèse et bleu.

Cette jolie pièce, qui mesure 0,24 de diamètre, a été acquise, ainsi que les suivantes, en 1835, à Marcilly-en-Villette. Elles provenaient du château de M. de Mainville. C'est cette famille qui possédait, au château de Couasnon, la Vierge de la Renaissance, en marbre, acquise par Timbal, et qui fait partie aujourd'hui des collections du Musée du Louvre.

112. COUPE RONDE, à peu près semblable à la précédente, mais ajourée (même dimension).

113. PERSÉE DÉLIVRANT ANDROMÈDE.

Joli plat polychrome, auquel il manque un petit morceau de bord.

D. 0,23.

114. Chien braque assis (école de Bernard Palissy) H. 0,12.

Delft

115. Belle assiette polychrome et dorée, au monogramme de Pinaker. = Assiette avec oiseau.

116. Assiette à décor bleu, paysage. Une pointe en forme de pivot fait saillie au centre.

117. Plat à décor persan bleu.

117 *bis*. Assiette à décor chinois, polychrome.

118. Cruche en faïence, décor blanc sur fond bleu, fabrique de Posen.

Espagne

118 *bis*. Plat creux hispano-mauresque, dit majolique, à reflets métalliques : corne d'abondance et autres ornements.

Italie

119. Plat à côtes (en faïence italienne des Abbruzzes)? représentant un animal fantastique.

120. Beau bénitier en faïence italienne.

Au sommet, des angelots ; de chaque côté, un ange en relief supportant une couronne ; au-dessus, les armoiries peintes des Franciscains.

121. Sablière en faïence italienne à joli décors, H. 0,15.

122. Une lampe en faïence façon italienne, décor jaune.

Lyon

123. Pot de pharmacie en faïence de Lyon, XVIe siècle, sur lequel on lit : *Dia catholic*, H. 0,21.

Moustier

124. Cuvette à décor bleu.

Marseille

125. Compotier forme coquille.

Nevers

126. La Vierge et l'Enfant Jésus, statuette en faïence polychrome, H. 0,58.

127. Sainte Anne et la Sainte Vierge, groupe en faïence polychrome, H. 0,36.

128. Deux torchères en faïence polychrome, H. 0,40.

129. Cruche à vin ; bonhomme genre Bacchus.

130. TASSE A DEUX ANSES, à décor blanc et jaune sur fond bleu foncé. Jolie pièce.

131. Porte-bouquet en faïence blanche, décor bleu ; forme aplatie.

132. Pichet décoré de fleurs polychromes, H. 0,20.

133. Barillet, décor polychrome. Paire de sabots, idem.

134. Bouteille en faïence grand feu, décor blanc et jaune sur fond bleu foncé, H. 0,23.

135. Deux grandes bouteilles blanches, décor bleu, Pastorales, H. 0,42.

136. Bouteille en faïence à quatre bélières, décor bleu et jaune, H. 0,28.

D'un côté la Vierge avec le nom de Marie JOURDINE, sur la base. De l'autre Sainte Jeanne, avec Jeanne JOURDINE, 1734.

137. Bouteille en faïence, décor bleu. D'un côté, saint Christophe ; de l'autre, un chasseur. Sur la panse, deux têtes de béliers en relief. Sur la base on lit : *Cristoffe de Misène.*

H. 0,33.

138. L'arbre d'amour, saladier.

139. Saladier figurant une rivière avec pont et nombreux bateaux. Sous l'arche centrale on lit : L'AMI BERNARD 1795, D. 0,32.

140. Saladier trompe-l'œil (Jeu de cartes).

141. Assiettes dites parlantes.

1. Saint Jean et le nom : Jean Châtaignier 1733. — 2. Saint Pierre, et au bas : Pierre Lançon 1781. — 3. Saint Michel terrassant le démon, au bas : Michelle 1798. — 4. Saint Jacques ; Jacques Giron 1767. — 5. Sainte Thérèse ; Thérèse Roussel femme de Grégoire.

142. Assiettes dites parlantes ou patriotiques.

1. Un rémouleur avec légende, 1757.— 2. Un chasseur, et au bas : saint Huber 1764. — 3. Ecrevisse, et au bas : Ainsi veut mes amours 1767. — 4. Patriotique à la cocarde blanche. —

5. Cloche : je passe l'eau comme l'ombre. — 6. Corps de garde des volontaires orléanais. — 7. Un soldat, Vive la nation. — 8. Fleur de lys dans un écusson. — 9. Un homme donne la liberté à un oiseau. M. Maréchal 1791. — 10. Un navire ; au bas, Pascal Grégoire, an II (1805). — 11. La Renommée portant une besace. Si les choses ne changent pas de face, nous irons à la besace. — 12. Berger jouant de la musette.

142 *bis* Douze autres assiettes patriotiques : La Bastille ; les 3 Ordres ; Droits de l'homme ; la montagne, etc.

143. Compotier décoré de fleurs.

144. Pot à eau à personnages et fleurs.

145. POTICHE en faïence grand feu, décor à feuillages et cigognes en blanc sur fond bleu foncé.

H. 0,30.

146. Plat de faïence, école de Nevers. Fond blanc avec les armoiries polychromes de la famille de Noury. Le marli bleu est orné de rinceaux, de cigognes et autres oiseaux.

D. 0,49.

147. GRAND ET BEAU PLAT EN FAIENCE DE NEVERS, école italienne. Il représente le Jugement de Salomon.

D. 0,52.

148. GRAND PLAT de faïence à décor bleu. Plusieurs personnages dans un paysage. Dessous : ornements sous bordure.

D. 0,53.

149. Plat ovale en faïence de Nevers, grand feu. Décor blanc, bouquets et cigognes sur fond bleu foncé.

L. 0,43. — L. 0,37.

Orléans

150. Deux vases en faïence marbrée de la fabrique de Grammont d'Orléans, forme Médicis. Ils sont en cru, sans l'émail couverte.

Rouen

151. Buire forme casque, décor bleu.
H. 0,27.

152. Sucrière en forme de balustres, à riche décor bleu à la dentelle. Couvercle en étain.

152 *bis* Assiette à décor bleu, à la dentelle.

153. Deux assiettes en faïence de Rouen, décor à la pagode (Jolies pièces).

153 *bis* Deux assiettes décor à la corne.

154. Bidet en faïence de Rouen, décor bleu.

155. Grand et beau plat en faïence de Rouen, décor bleu, ornements, fleurs et lambrequins, couvrant la pièce. D. 0,448

Saint-Amand-les-Vaux

156. Deux assiettes décorées de fleurs blanches sur un fond pervenche, XVIIIe siècle.

Saint-Vrain

157. Bouteille en faïence bleu foncé uni. Le col ou goulot représente un prêtre ou docteur lisant. H. 0,35. — Deux autres bouteilles plus petites, sans ornements.

Strasbourg

158. Plat long en faïence de Strasbourg, fleurs sur fond blanc, L. 0,60.

---

159. Saladier patriotique : canon, tambour et drapeaux, surmontés d'un bonnet phrygien : *A çà ira*.

160. Cruche en faïence moderne, brun veiné ; au centre, un écusson bleu avec le buste de Jeanne d'Arc.

161. Bénitier en grès avec le monogramme du Christ 1658. Couverte : émail vert.

162. La Tentation de saint Antoine, groupe en faïence.

163. Saint François (statuette en faïence), H. 0,57.

164. Buste de Jeanne d'Arc sur un socle en faïence polychrome.

165. Deux poteries gallo-romaines, trouvées dans un tombeau, à Vivonne.

166. Collection de pipes en terre de la fabrique de Gambier.

167. Idole mexicaine rapportée de Puebla, terre cuite.

168. Franklin, médaillon en terre cuite, par Nini.

169. REVÊTEMENT de cheminée, en terre cuite, provenant du château de Chemault.

Ce rare morceau mesure 0,64 de haut sur 0,34 de large. Il est composé d'un fronton et de sept carreaux, le tout réuni en une seule plaque. Le fronton, cintré, porte le profil d'Henri IV, accosté à droite et à gauche des armes de France et de Navarre, armes répétées alternativement sur la plaque avec des ornements dans les losanges.

On sait que le château de Chemault était habité par la célèbre Marie Touchet, maîtresse du roi Henri IV.

170. Bouteille en grès à rosaces, fond bleu et violet. H. 0,20.

171. Bouteille en grès à quatre bélières, décor bleu et gris sur fond violet, H. 0,29.

172. Cruche à bière en grès, décor bleu sur fond gris.

B. — PORCELAINES

Chantilly

173. Sucrier avec plateau en porcelaine de Chantilly, décoré de fleurs.

Chine et Japon

174. Quatre assiettes en porcelaine de Chine ou de l'Inde.

175. Grand plat en porcelaine de Chine.*

176. Petit cornet en porcelaine du Japon.

177. Assiettes en porcelaine du Japon, décor bleu, rouge et or, et famille verte.

178. Plat à décor bleu, en porcelaine du Japon.

179. Pot et son couvercle, en Japon, décor bleu.

180. Plat en porcelaine du Japon, fleurs et décor polychrome, H. 0, 30.

181. Plat creux en porcelaine du Japon, décor persan. D. 0,32.

Saxe

182. Petit pot en porcelaine de Saxe. Le couvercle imite un limaçon.

183. Deux assiettes en porcelaine.

Sèvres

184. Marie-Antoinette, médaillon de profil en biscuit de Sèvres (enc.).

185. JOLI BOUQUET EN BISCUIT DE SÈVRES sur fond bleu opale, cadre ovale Louis XIV, doré. Sous verre bombé.

186. Deux pots à confitures avec couvercles, adhérents à leur plateau.

187. Tasse et sa soucoupe, sur la tasse est imprimé un assignat.

188. Tasse et sa soucoupe, décor rose, paysage.

189. Cinq assiettes en porcelaine de Sèvres, décor d'or sur fond blanc. Règnes de Charles X, Louis-Philippe et Napoléon III. Sur le marli de la dernière, qui est unie, se voit un aigle en or avec : *Garde impériale, troisième grenadier*.

190. Assiette en porcelaine de Voissette, près Melun.

C. — VERRERIE

191. Bouteille en verre rose, avec semis de fleurs de lys en relief.

192. Verre de Bohême, avec un médaillon où figure l'Amour filet rouge sur le pied.

193. Bénitier en verre, composé de guirlandes de fleurs de couleur. Le godet est en émail de Limoges, avec ornement en relief; une tête de chérubin en bronze doré le surmonte.

194. Deux verres de Venise à grand col, avec anses.

195. Salières de différentes formes, en verre de Venise.

196. Huit Présentoires en verre de Venise.

197. Petit chandelier en verre.

198. Burette d'église en verre, dorée aux initiales du Christ.

199. Deux jattes à filets, de Latticinio.

200. Grand verre à boire, de Bohême, représentant les images du Christ et de sainte Cécile.

201. Autre, peint et doré.

202. Aiguière en verre violet, filet en relief, tournant en spirale autour du goulet.

203. Autre, en verre vert.

204. Autre, en verre blanc, entourée de godrons.

205. Autre en verre blanc, la panse godronnée et ornée d'une fleur de lys.

206. Coupe à pied, en verre à décor doré.

207. Deux cadres en glace étamée, contenant la Vierge.

208. Louis XVIII, la duchesse d'Angoulême, le duc de Bordeaux, profils coulés dans des blocs de cristal ronds.

209. Verres populaires fabriqués en 1848. Les portraits du général Cavaignac et du prince Napoléon y sont moulés.

IV. — ÉMAUX

210. Le Christ. Bronze d'un émail champlevé du XIIe siècle, auquel il manque la croix, H. 0,15.

211. LE CHRIST EN CROIX entre deux saintes femmes, Limoges, XIIIe siècle.

Belle plaque en émaux de couleurs, champlevés, paraissant avoir servi soit à un tabernacle, soit à décorer la reliure d'un livre. Le Christ et les deux saintes sont en cuivre doré et en relief. Le fond se compose d'ornements en émaux de couleur. En tête de la croix, près le monogramme du Christ, deux anges.

Ce morceau de haute curiosité provient de l'abbaye de Bonneval (Eure-et-Loir).

H. 0,26. — L. 0,14.

212. Le Christ sur la croix.

Croix d'autel en cuivre, en émail champlevé, H. 0,17.

213. DIEU DANS SA GLOIRE, assis sur l'arc-en-ciel, XIVe siècle.

Email polychrome sur argent. Le Christ à nimbe crucifère montre ses plaies. Deux anges, tenant l'un la croix, l'autre la lance, se voient à dextre et à senestre, à travers le fond translucide

Cette petite pièce provient, soit d'une croix processionnelle, soit d'un reliquaire. Elle a été offerte, en 1842, par l'archiprêtre de Sainte-Bénigne, de Dijon, au secrétaire de Mgr Morlot, évêque d'Orléans.

D. 0,045.

214. Baiser de paix, en bronze doré, surmonté de deux anges qui paraissent avoir soutenu un écusson. L'émail peint, cintré, qu'il renferme, représente N.-S. J.-C. descendu de la croix, accompagné de deux Saints en prières. XVe siècle.

H. 0,08. — L. 0,07.

215. L'Annonciation, plaque de diptyque en émaux de couleur. Fin du XVe siècle, haut cintré.

H. 0,12. — L. 0,09.

216. La Sainte-Vierge et l'Enfant Jésus, plaque cintrée, en émaux de couleur avec paillons. Fin du XVe siècle, cadre ancien en cuivre.

H. 0,07. — L. 0,05.

217. Saint François d'Assises, plaque cintrée. Curieux émail polychrome de la fin du XVe siècle, provenant d'un diptyque.

Ce rare travail est entouré d'un cadre en cuivre ; la plaque, qui est au revers, offre un semis de fleurs de lys enfoncées à l'aide d'un poinçon-matrice.

218. Saint Euverte, plaque en émaux de couleur avec détails dorés (encad.)

H. 0,10. — L. 0,08.

219. Sainte Thérèse, tenant un christ à la main, en émail de Nevers, statuette sous globe. H. 0,16.

Courtoys (Jean)

220. Saint Benoît.

Grande plaque en émaux de couleur avec quelques détails dorés.

Le saint, debout et nimbé, peint en grisaille, tient sa crosse de la main droite et un livre ouvert de la gauche. Au-dessus de sa tête, la croix et les lettres bénédictines P. S. P. S. et le nom *S. Benedictus*. Le paysage nous montre à gauche une abbaye, à droite le mont Cassin. Aux pieds du moine sont peintes, entre deux palmes, les armoiries de la famille de Verthamon.

Cette belle plaque, un peu réparée à droite, porte par derrière : F. Verthamon. Jolie bordure en bois sculpté et doré.

H. 0,25. — L. 0,17.

Laudin (Jacques)

221. La Vierge et l'Enfant Jésus, plaque provenant d'un bénitier en émaux de couleur rehaussés d'or.

Cette belle plaque offre une bordure en relief.

H. 0,21. — L. 0,18.

222. Saint François Xavier.

Plaque ovale, ayant servi à un bénitier. L'encadrement se compose de rinceaux blancs.

H. 0,20.

223. Coupe en émail avec deux anses, divisée en six lobes ornés de rinceaux blancs et or.

Le fond représente Judith tenant la tête d'Holopherne. Dessin polychrome aux rehauts d'or.

Le dessous offre un paysage et les lobes des rinceaux blancs et or. Sig. I. L. (Jacques Laudin).

D. 0,13.

224. Anthiope figurée sur une soucoupe en émaux de couleur. Le fond est noir et le marli montre des fleurs sur un fond blanc.

D. 0,13.

225. Coupe en émaux de couleur avec détails dorés.

Au fond, peints en grisaille : la Vierge et l'Enfant Jésus. Autour, douze lobes fleuronnés.

Sur le dessous, un paysage avec maison. Les godrons montrent de jolies arabesques dorées. Deux anses en émail.

(Limosin (Jean II)

226. Saint François Xavier.

Plaque en émaux de couleur avec paillons et détails dorés. Le saint est représenté en buste dans un médaillon ovale, autour duquel on lit : *Vera effigies S. Francisci Xaverii Societatis Jesu. Obiit anno MDLII. Æ. LII.*

H. 0,10. — L. 0,07.

Limosin (Joseph) (?)

227. Sainte Geneviève, plaque en émaux de couleur sur fond noir, avec paillons et rehauts d'or.

La sainte, vêtue de noir, avec manteau bleu, est placée sur une terrasse, au bas de laquelle on lit : *S. Genovefa.* Elle tient un livre de la main droite et de la gauche un cierge, qu'un diable éteint avec un soufflet et qu'un ange rallume.

H. 0,13. — L. 0,09.

Nouailher (Baptiste)

228. Saint Louis en prières, plaque en émaux de couleur. Dans un ovale, avec angles en relief.

Le roi, couvert du manteau bleu semé de fleurs de lys d'or, est agenouillé sur un coussin, le visage dirigé vers le ciel.

Devant lui, posés sur son trône: la couronne royale, le sceptre et la main de justice, que le souverain semble offrir à Dieu.

H. 0,17. — L. 0,13.

Nouailher l'aîné

229. L'ensevelissement du Christ. Bénitier en émaux de couleur.

Dans la partie supérieure : le Saint-Esprit. L'encadrement et la cuvette sont ornés de rinceaux blancs en relief.

H. 0,25.

230. Saint Benoit.

Plaque rectangulaire, en émaux de couleur. Le sujet est placé dans un ovale; ornements en relief aux angles. Dans la bordure du bas est inscrit en lettres d'or : Saint Benoist.

H. 0,11. — L. 0,09.

Pénicaud (Jean)

231. Femme tenant une corne d'abondance. Plaque en émaux de couleur sur fond noir, entourée d'une couronne. Aux angles, arabesques en or.

Sur une banderolle en grisaille on lit : *Sybila Cymeria.*

H. et L. 0,13.

Raymond (Pierre)

232. Assiette en émail grisaille sur fond noir, avec rehauts teintés sur les chairs.

Le sujet décorant l'intérieur représente une promenade sur l'eau. Cinq personnes sont dans la barque ; au-dessus, dans les nuages, le signe du zodiaque les gémeaux. Le marli montre quatre figures dans des ovales.

Sous l'assiette, buste de femme, dans un cartouche soutenu par deux amours et des ornements.

D. 0,18.

233. Armoiries de Pierre de Dreux, duc de Bretagne.

Ecu en cuivre avec traces d'émaux, mesurant 0,070 de hauteur. Paraît avoir servi de pendeloque à un coffret ou à une armure.

234. Gustave-Adolphe, roi de Suède, plaque en émail camaieu du XVIIe siècle, avec chair et chevelure colorées.

H. 0,17. — L. 0,13.

235. Portrait d'homme avec longue chevelure, époque Louis XIV.

H. 0,06. — L. 0,05.

236. Petite plaque héxagonale en émail, fond noir.

Le centre, concave, montre un buste d'homme couronné de fleurs avec rayons d'or. Le marli porte une guirlande de fleurs peinte en bleu.

L. 0,66.

237. Prise de la Bastille, émail à fond bleu, sur lequel la Bastille se détache en blanc.

Les assaillants, placés sur quatre rangs irréguliers, sont armés de fusils et de cinq canons. On lit en tête : Le 14 Juillet.

Ce médaillon paraît avoir servi de dessus de boîte ou de tabatière.

D. 0,64.

V. — HORLOGERIE
ORFÈVRERIE, BIJOUTERIE

238. BELLE PENDULE en marqueterie de Boule, bois avec incrustations de cuivre, socle et ornements en cuivre doré. Le sujet en bronze qui la surmonte représente le Temps. Haut. avec le socle, 1,50.

239. Montre de poche en cuivre, XVIIe siècle, avec cachet argent ciselé représentant Sully aux pieds de Henri IV.

240. Chatelaine en cuivre ajouré, époque Louis XVI. — Chaine de montre et breloque en acier poli, avec une grose améthyste.

241. Grand plat en cuivre argenté, armoiries au centre avec lembrequins et casque, D. 0,55.

Bandé d'argent et de gueules, de 7 pièces, au chef de ... chargé de 3 molettes d'éperon de ...

242. Trois Cachets-breloques en or avec pierres gravées. Époque Louis XVI.

243. Bagues. Bagues en or avec le chiffre S. B. M. V. au chaton. Les émaux ou cabochons sont absents. XVIe siècle. (Trouvée dans la Loire.) — Bague en vermeil avec le chiffre I. H. S. gravé en caractères gothiques sur le chaton. — Bagues diverses or et argent

244. Agrafe de montre en argent oxydé, XVIIIe siècle.

245. Boucles de souliers en or guilloché, XVIIIe siècle. — Trois paires de boucles de souliers, en argent garni de strass, XVIIIe siècle.

246. Boutons en nacre, ivoire et autres matières, XVIIIe siècle, 32 pièces sur une carte.

247. Trois Eventails sur papier, avec images coloriées.

Chansons de Malbrouk. — La Liberté patronne des français. — Trompe-l'œil d'assignats.

248. Couteau et fourchette avec manches en fer niellés d'argent, XVIIe siècle. — Deux couteaux dont un en cuivre avec armoiries sur la lame.

249. Paire de ciseaux en fer, niellée d'argent et ciselée, XVIIIe siècle.

250. Gaine à ciseaux en fer, avec damasquinures et une légende en français.

251. Etui en laque à fond bleu avec arbres et oiseaux peints en blanc.

Il renferme 6 couteaux, lancettes ou autres instruments de chirurgie du XVIIe siècle.

252. Coffret recouvert d'une plaque d'argent, avec ornements repoussés, XVIIe siècle.

TABATIÈRES — BONBONNIÈRES

253. TRÈS BELLE TABATIÈRE EN OR, époque Louis XVI.

Trois charmants émaux décorent le dessus et les côtés. Ils représentent une offrande à l'Amour et des amours jouant. Au-dessous joli motif où sont ciselés les attributs de l'Amour en ors de divers tons. Ce gracieux bijou porte l'adresse de la veuve Georges Beaulieux, à Paris.

254. TABATIÈRE en corne noire avec garniture en or à l'intérieur. Sur le couvercle : Portrait du roi Louis XVIII miniature signée: Isabey, 1814. (*Don du roi à M. de Kayla*).

255. Tabatière en argent guilloché, avec divers attributs, rehauts en or vert et jaune, XVIIIe siècle.

256. Boite ronde en écaille ornée d'un portrait — miniature, XIXe siècle.

257. Bonbonnière en cristal, avec portrait du duc de Bordeaux coulé dans le couvercle.

258. Tabatière en buis, avec portrait du roi Louis XVI en miniature.

259. L'Amour présente un bouquet aux amants. — La lanterne de l'Amour, tabatières.

260. Tabatière ronde en buis, sur le dessus un paysage à la gouache.

261. Buste de vieillard sur une tabatière ronde, en cuir bouilli.

262. Bonbonnière en écaille, avec une corbeille de fleurs faite de coquillages microscopiques.

VI. — FERRONNERIE

263. Cache-maille en fer ouvré, XVIe siècle.

Aux quatre angles sont placées des crosses d'évêque. Cet ornement est répété sur le couvercle au-dessus d'une armoirie dont le découpage figure trois Salamandres et le chiffre de François Ier. Beau travail de ferronnerie.

264. Coffret couvert en cuir avec ornements gaufrés à serrure, crochets et clef à panneton ajouré.

265. Tire-lire en fer avec fermeture à secret.

266. Serrure en fer orné avec trèfles et une Salamandre en relief.

267. Serrure de coffre en fer ouvré, avec une figure en relief et des ornements gothiques, XIVe siècle.

268. Jolie serrure en fer ouvré et ciselé, avec trois saints personnages, XIVe siècle.

269. Serrure de bahut en fer ouvré, avec fleurs de lys découpées et des ajours. Sur le fermail une Salamandre en relief, XVIe siècle.

270. Verrou au chiffre figurant la lettre F couronnée du roi François Ier.

271 Verrou en fer repoussé, couvert de rinceaux et d'ornements. Le bouton de la targette représente un buste de guerrier.

Provient du château d'Écouen.

272. Deux verrous : l'un présentant un aigle à deux têtes, l'autre des ornements ciselés.

273. Verrou en fer orné et découpé. Le bouton de la targette est formé par une tête de Mercure.

274. Deux verrous au chiffre de Henri II provenant, du château de Chenonceaux.

Ces pièces en fer forgé sont reproduites dans l'ouvrage du P. Lacroix : *Le moyen âge et la Renaissance.*

275. Gros marteau de porte, en fer, XVIIIe siècle.

276. Clefs de diverses époques, en fer, 24 pièces.

277. Chandelier en fer forgé à trois pieds mobiles. Sur chacun est figurée une armoirie.

278. Boule en fer ajourée servant de boite à ficelle. — Fleurs de lys à quatre faces.

279. Saint Jean-Baptiste, plaque écusson en fer repoussé.

280. Poignée de sabre en fer ciselé.

Travail très fin figurant des pastorales et les emblèmes de l'Amour

281. Casse-noisette en fer forgé, XVIIIe siècle.

282. Cachet à trois faces mobiles, en fer forgé, la poignée est ajourée avec des ornements dorés, XVIIe siècle. Jolie pièce.

283. Petite pincette en fer forgé et ajouré.

284. Chaine à maillons de fer, terminée par un gros anneau rond en cuivre.

Cet instrument servait à mesurer les gerbes de blés présentées pour les dîmes.

VII. — BRONZES, ÉTAINS

285. Cuillers gallo-romaines, huit pièces en bronze. — Cuillers cuivre, argent, coquilles, trois pièces.

286. Fibule gallo-romaine. Stylets gallo-romains en bronze, env. 12 p.

287. Cerf en bronze, chandelier gaulois (ou gallo-romain), trouvés dans la Loire en 1869.

288. Encensoir en cuivre.

289. Agrafe en bronze ciselé, figurant un crabe.

290. Deux petits bougeoirs en cuivre soutenus par des lions couchés, époque Louis XV.

291. Poêlon en cuivre, couvert de fleurs de lys sur les bords et la queue.

292. Miroir japonais en bronze poli avec chiffre, légende et paysage au revers. La légende veut dire : *Toujours meilleur*.

293. Moules à tabatières, en cuivre, 10 pièces.

294. Série de poids en cuivre dans sa boite en forme de baquet ornementé, xviiie siècle.

295. Ecuelle à oreillettes en étain.

296. Une paire de chandeliers en étain.

297. Tabatière en étain. La ciselure représente un cavalier prenant un cheval au lasso.

VIII. — ARMES

298. Vieille rapière. L. 113.

299. Espadon.

Sur la lame est gravé le chiffre de Henri IV, surmonté de la couronne royale et la date de 1584. Au-dessous un soldat debout. Poignée ballonnée, ajourée et gravée.

L. 130

300. Epée à poignée et garde en cuivre ciselées et dorées, lame ajourée avec gorge, marque de fabrique et le nom de *Spinoa*.

L. 0,95

301. Epée à garde en coquille ajourée et pommeau en fer.

L. 118.

302. Long sabre de cavalerie, époque Louis XIV.

Le soleil, les armes de France et le nom de Frédéric Marchand, fourbisseur à Paris, sont gravés sur la lame.

L. 115.

303. Sabre-pistolet, garde en cuivre, XVIIIe siècle.

L. 0,80.

304. Sabre d'honneur, offert à M. de Noury, capitaine de la garde nationale.

Lame courbée, damasquinée et dorée ; poignée en cuivre ciselé et doré; fourreau en cuir, garniture en cuivre ciselé et doré.

305. ÉPÉE D'HONNEUR avec poignée en nacre et ornements en argent, fourreau en galuchat et gaine en peau. L. 0,90.

Cette arme a été offerte à M. de Noury, adjoint au maire d'Orléans sous la Restauration, ainsi que le constate la mention inscrite sur la lame : *Garde nationale d'Orléans, les grenadiers du 2e bataillon à leur capitaine, M. François Noury* (et sur le revers de la garde) : *Offerte le 18 juillet 1816*.

Sur la coquille, un sujet allégorique représente : la Guerre, en remettant l'épée au fourreau, encourage le Commerce et l'Industrie. Au pommeau, l'écu de France, sommé de la couronne royale, terminé par le profil du roi Henri IV, et au revers le chiffre de M, de Noury gravé au sommet.

306. Yatagan, poignée en corne, garnie d'argent ciselé.

307. Yatagan et poignard arabes.

308. Yatagan arabe, avec poignée d'ivoire et ornements dorés.

Sur la lame est tracée en caractères arabes une légende damasquinée en or ainsi conçue : « La clef du Ciel et de l'Enfer » (Coran). « Une goutte de sang répandue dans le chemin du Dieu est plus méritoire qu'un jeûne de deux mois. Une goutte de sang tirée d'un fidèle est un sacrifice offert à Satan » (Sonna).

309. Flissah à fourreau de bois sculpté et à capucine.

310. Kriss malais, dans sa gaine en bois. Casse-tête malais en bois.

311. Epées, piques, dagues, framée, et autres armes trouvées dans la Loire.

312. Dagues avec garde en fer ciselé et gravé, XVIIe siècle.

313. Petite dague Henri II, manche en bois, lame gravée. L. 0,33.

314. Dague Henri III, lame damasquinée. L. 0,38.

315. Langue de bœuf gravée à jour, manche en bois dur.

Cette lame est percée dans la longueur de deux cœurs et d'un ornement rectangulaire.

316. Couteau de chasse, lame ciselée, poignée en corne de cerf avec garde en cuivre gravé représentan Diane chasseresse, XVIIIe siècle.
L. 0,62.

317. Couteau de chasse lame damasquinée, manche en cuir, XVIIIe siècle.

318. Poignard tunisien, fourreau en argent repoussé.
L. 0,32.

319. Hallebarde du XIIIe siècle.
L. 0,48.

320. Hallebarde XVIe siècle.
L. 0,69.

321. Hallebarde ciselée, donnant la silhouette d'oiseaux fantastiques, avec sa hampe, XVIe siècle.
L. 0,82.

322. Hallebarde terminée par deux pointes, avec fer ajouré.
L. 0,44.

323. Hallebarde du XVIe siècle.
L. 0,52.

324. Hallebarde ajourée du XVIe siècle.
L. 0,64.

325. Hallebarde et sa hampe, XVIe siècle.

326. Pertuisane en forme de bec d'oiseau, XVIe siècle.
L. 0,69.

327. Pertuisane damasquinée, XVIe siècle.
L. 0,65.

328. Petite pertuisane.
L. 0,27.

329. Lance gravée aux armes de France, époque Louis XIII.
L. 0,29.

330. Pique en fer; sur la lame triangulaire est entaillée la ligne suivante : 1793 + citoyen + Delamarre + chirujien + a + Auneau +.

L. 0,58.

331. Deux Casques en fer : l'un à grille et à col, le second capel ou morion de piéton, xve siècle, sans ornements.

332. Fusil à rouet, incrusté d'ivoire et damasquiné.

L. 117.

333. Fusil de chasse de l'époque Louis XIV. L, 150.

Jolis ornements ciselés et damasquinés or, monture en bois sculpté.

334. Tromblon espagnol, canon en cuivre.

L. 0,75.

335. Fusil arabe à capucine, crosse en fer incrustée de nacre, avec ornements d'argent et de cuivre ciselés.

L. 180.

336. Fusil arabe à pierre, avec incrustation d'ivoire.

L. 170.

337. Pistolet garni de cuivres ciselés et dorés. *P. Poser, à Prague.*

338. Deux tambours arabes en cuivre.

339. Poires à poudre en cuir gauffré, aux armes de France.

340. AIGLE du drapeau d'un régiment de la Garde Impériale. Acheté à Cléry, en 1815, à un soldat de l'armée de la Loire, qui l'avait rapporté de la bataille de Waterloo (*Bronze doré*).

341. Cocardes, croix, décorations, insignes.

IX, — RELIQUIÆ

OBJETS DIVERS

342. Saint François, miniature sur fond bleu, dans un médaillon ovale en bois noir, avec deux verres à facettes biseautées.

Au revers : reliques de sainte Hyacinthe, saint Félix, saint Jules, Saint Firmin (époque Louis XIII).

343. Reliquaire en corne translucide, forme ronde, avec fermeture d'argent, contenant vingt reliques.

344. Reliquaire, en cuivre, ovale, contenant dix-sept reliques, dont une de saint François de Sales, les autres de personnages jansénistes.

345. Croix en argent de l'Œuvre Apostolique des femmes L'intérieur renferme des reliques.

346. Pélerine en étoffe rouge chargée de coquilles et d'insignes de pèlerinage, en métal, provenant d'un pèlerin de Saint-Jacques.

347. BAGUE en or à large chaton ovale, contenant des cheveux d'Agnès Sorel, formant son chiffre A. S. au centre d'un écu entouré de fleurs de lys d'or.

Une note accompagnant la bague est ainsi conçue : « Cheveux de la belle Agnès, coupés par M. Henry, médecin du « légat (?) le jour de l'exhumation faite dans l'église collégiale du « château de Loches. Les cheveux étaient bruns, la portion déposée icy a été prise dans une boucle dont la couleur naturelle avait été altérée. Cette note provient des papiers de « M. de Longuève. »

348. Cheveux du jurisconsulte Pothier, coupés lors de la translation de ses restes du grand cimetière à la cathédrale d'Orléans (1820).

349. Reliques du duc d'Enghien, prince de Condé, fusillé dans les fossés du château de Vincennes (1804). Dans un cadre doré, aux angles fleurdelisés, avec semis d'étoile è la gorge de la bordure.

Au revers, sous une vitre, une attestation du docteur Delacroix, commissaire nommé pour procéder à l'exhumation du corps du duc d'Enghien, constate que lesdites reliques consistent en os cunéiforme du pied droit et en une portion du drap de l'habit à laquelle adhérait un bouton de métal jaune.

350. Heures dédiées à Monseigneur le Dauphin, contenant l'office qui se dit à l'église. *Paris, J. B. Hérissant*, 1752, in-32, rel. en soie rose, tranches dorées.

Les plats et le dos sont recouverts de dessins allégoriques en broderie d'argent mêlées de paillettes.

Deux gouaches, protégées par des feuilles de talc, sont fixées sur les plats. L'une représente des cœurs, l'autre un ostensoir. Dans une boîte-étui en étoffe, XVIIIe siècle.

351. Petit livre dont les plats sont recouverts de broderies de soie, or et argent, avec bouquets de fleurs au centre.

Ce livret, à l'usage du culte catholique, est imprimé en gothique allemande. Voici la traductton du titre :

« Beaucoup dans peu ». Livre de prières pour le matin et le le soir, avec l'ordinaire de la messe et des méditations édifiantes. Ausbourg, 1762, in-32, tranches dorées.

352. Bourse et portefeuille en velours et soie brodés, XVIIIe siècle.

X. — NUMISMATIQUE
SIGILLOGRAPHIE
OBJETS TROUVÉS DANS LA LOIRE

---

353. Médailles grecques, romaines et gauloises en argent, 34 pièces.

354. Monnaies romaines, 39 pièces bronze.

355. Médailles ou monnaies romaines, grand et moyen bronze, 50 pièces.

356. Médailles romaines, 300 pièces.

357. TIERS DE SOL D'OR d'Orléans, petite pièce mérovingienne en or. Face : figure do roi et AVRELIANIS,. R : Croix ancrée sur un globe et BERTVLFVS.

358. Monnaies royales et seigneurales, 76 pièces.

359. Monnaies françaises dont une petite pièce d'or de Charles VI, 15 pièces.

360. Monnaie d'or de Louis XII.

361. Monnaies modernes, argent.

362. Isottæ Ariminensis (de Rimini) Rev. un éléphant, 1447, médaillon bronze, par Matteo de Passi.

D. 0,082

363. Charles de Laubespine, garde des sceaux de France, médaillon bronze. Revers : *Monumentum dabit nomen æternum.*

D. 0,090

364. Henri IV, roi de France, médaillon bronze par Dupré, avec cadre en cuivre.

D. 0,115

365. Profil du roi Henri IV, bronze doré et ciselé, monté sur médaillon ovale, en marbre blanc, surmonté des armes de France, en bronze doré.

366. Louis XV, bronze doré, profil monté sur marbre blanc ovale, surmonté de la couronne royale en bronze doré.

367. Louis XVI, restaurateur de la Liberté française, par Duvivier. Revers : Assemblée nationale 1789, par Gatteaux.

Médaille en bronze doré de 60 millimètres de diamètre, entourée d'un cadre en cuivre. Sur la tranche du cadre on lit : « C. Brignon, député d'Auvergne à l'Assemblée nationale « constituante de 1789-90 et 1791. » La figure du roi a été martelée.

368. Louis-Philippe duc d'Orléans, à cheval, épreuve en étain par Lorthior, 1782.

369. Napoléon à Marengo, par Adrien. — Bataille des Pyramides, deux clichés de médailles, en étain, du module de 60 millimètres.

370. La duchesse de Berry, médaillon en étain, Couriguer sculpteur. Diam, 0,15.

371. Médailles modernes relatives à Jeanne d'Arc, bronze, divers modules, 8 pièces.

372. Médailles frappées à l'occasion de l'inauguration de monuments à Orléans, de divers modules, bronze.

Abatoir, Hôtel-Dieu, Halle aux blés, Palais de justice, Entrepôt.

373. Médailles populaires de la première République au second Empire (1790-1860). Plusieurs lots.

374. Jetons, méreaux, etc., 27 pièces.

375. Jetons des doyens de la Faculté de médecine de Paris. 19 pièces rondes en bronze *.

376. Jetons des maires de Tours au XVIIe siècle, 25 pièces en bronze *.

377. Jetons pour la maison commune d'Orléans et autres, 15 p. bronze.

378. Jetons des Sociétés et administrations de la ville d'Orléans, 12 pièces rondes ou octogonales, argent.

379. Sceaux provenant en grande partie de la Loire, 20 pièces.

Sig. minus facultatis utriusque juris Remensis (1569). — Sceau de Renault Le Coq. — S. guldo de Cisiaco, XVIIIe siècle et autres.

380. Médailles et poids trouvés dans la Loire, 1 lot.

381. Clefs, clous, rondelles et autres objets provenant de la Loire, 1 lot.

382. Objets trouvés dans la Loire, 200 pièces.

383. Objets provenant des fouilles de la Loire, 35 pièces.

384. Bagues et anneaux trouvés dans la Loire, 15 pièces.

---

385. Sous ce numéro seront vendues deux vitrines de milieu en chêne, 1° une grande forme pupitre mesurant 3 m. de longueur, sur 1 m. 60 de large, 2° une petite à plat de 1 mètre de long sur 0 m. 70 de large.

XI. — LIVRES — ESTAMPES

1. BIBLE. Les figures complètes de la Bible, ou les traits de l'histoire sacrée de l'Ancien et du Nouveau Testament, représenté par 600 estampes d'après les grands maitres, gravées par Voysard, texte par l'abbé de Fontenai. *Paris, Desray* (1809), 8 tomes en 4 vol. in 8° broch.

2. HEURES MANUSCRITES, xve siècle, pet. in-8°, velin, rel. en peau gaufrée.

105 feuillets en deux parties sur vélin, la première écrite en caractères gothiques, la seconde en écriture cursive. On y compte 5 miniatures ayant chacune au bas un écusson armorié : « d'azur à deux clefs d'or en pal », 20 bordures ou encadrements, et plus de 300 initiales ou petites lettres et tirets en couleur et or bruni.

3. HEURES MANUSCRITES du xve siècle, pet. in-4° réglé couvert en soie *.

Partie d'un livre d'heures, composée de 128 pages sur beau vélin, à 18 lignes par page, d'une écriture gothique très régulière. Les trois miniatures qui le décorent sont : *La Pentecôte*, *La flagellation* et *Jésus descendu de la Croix*. Elles sont encadrées dans de larges bordures. Les petites initiales en or bruni sont au nombre de plus de 300. Il manque deux feuillets au calendrier.

4 HEURES A L'USAGE DE PARIS, toutes au long sans rien requérir. Imprimez nouvellement pour Guillaume Eustache demeurant à Paris en la rue de la juifrie, aux deux sagittaires : ou au pallais au troysième pillier. (A la fin) : *Ces présentes heures*

à l'usaige de Paris, tout au long sans requérir. Et furent achevez l'an de grace mille cinq cents et neuf, le XVIIIe *jour de octobre.* In-8° goth., vélin, réglé, fig., rel. v. tr. dor.

Beau livre d'heures imprimé sur 112 feuillets de velin de veau. Il est orné de 15 grandes et de 15 petites figures très joliment gravées sur bois, avec quantité de lettres et de tirets tors enluminés. Sur le titre, marque de G. Eustace. Bel exemplaire, grand de marges. H. 184. — L. 118.

5. LES PRÉSENTES HEURES A L'USAGE DE LION, au long sans requérir. *Paris, Simon Vostre,* 1502, pet. in-8°, goth., vélin réglé, v. fauve, tranche rouge.

Ces heures comprenant 272 pages avec entourages, sont ornées de 58 figures sur bois dont 23 grandes. Initiales peintes. La table manque. Court de marges.

6. HORÆ in laudem beatissime Virginis Marie, ad usum romanum. *Lugduni, Mathias Bonhomme excudebat,* 1548, in-8° figures sur bois, couvert en toile, tranche ciselée dorée.

Bel exemplaire, rempli de témoins, de ces Heures sur papier. Elles forment un total de 168 feuillets avec encadrement à chaque page et 10 grands sujets, gravées sur bois.

7. HEURES nouvelles, dédiées à Madame la Dauphine, écrites par L. Senault. *Paris, chez l'auteur S. D.* (XVIIe siècle), in-8°, mar. rouge tr. dor. (*anc. rel.*)

Contient une grande variété de sujets ou d'ornements calligraphiques. Volume entièrement gravé. Il manque le titre et le dédicace.

8. Réflexions sur le symbole des apôtres pour servir de méditation aux âmes chrétiennes, pet. in-8°, mar. noir jans. tr. dor.

Manuscrit du commencement du XVIIIe, composé de 41 feuillets avec 12 figures gravées sur cuivre par Bertheram.

9. OFFICE de la Semaine Sainte, latin et français, à l'usage de Rome et de Paris (dédié à Madame la

Chancelière). *Paris G. Dupuis* 1726, in-12 fig. mar. rouge fil. dent. tr. dor (anc. rel. aux armes de France).*

10. Le Saint Sacrifice de la messe pascale, poème. *Paris*, 1770, in-8°, v. m.

Orné de figures le texte et les vignettes sont entièrement gravés.

11. ALBUM de gravures, contenant une cinquantaine, de pièces, en un vol. in-fol. oblong, couvert en percaline anglaise *.

12. ANTIQUARUM Statuarum urbis Romæ quæ in publicis privatisque locis visuntur icones, *Romæ, ex typis Scaichis* 1621, 80 pl. grav. sur cuivre, en 1 vol. in-fol., rel. en parch.

13. BELLIER DE LA CHAVIGNERIE ET AUVRAY. Dictionnaire général des artistes de l'Ecole française, depuis l'origine des arts jusqu'à nos jours. *Paris*, 1882-87, 3 vol.grand in-8° broch *.

14. BENSERADE. Les métamorphoses d'Ovide en rondeaux, imprimées et enrichies de figures de François Chauveau, par ordre de Sa Majesté. *Paris Imprimerie Royale* 1676, in-4° fig. dem. rel. bas.

15. BULLANT (Jean). Reigle générale d'architecture des 5 manières de colonnes, augmenté par l'auteur de cinq autres ordres de colonnes, suivant les reigles et doctrines de Vitruve. Au proffit de tous les ouvriers besongnant au compas et à l'équierre. A Escouën par Jehan Bullant. *Paris J. de Marnef* 1568, in-folio de 30 ff. fig. sur bois, rel. en parch *.

Exemplaire grand de marges, mouillures à l'angle inférieur.

16. BULLART Académie des Sciences et des Arts, contenant les vies et les éloges historiques des hommes

illustres qui ont excellé dans ces professions depuis quatre siècles. *Bruxelles F. Foppens*, 1695, 2 vol. in-folio. v. m.

Contenant de nombreux portraits gravés.

17 BURTIN. Traité de connaissances qui sont nécessaires à tout amateur de tableaux. *Bruxelles* 1708, 2 vol. in-8 v. rac. tr. m.*

18. CALLOT (Jacques). La passion de Callot et de Wierix. — La croix et l'autel, 17 bois. — Les saisons, les mois et autres pièces, de E. Delaune, etc. — 85 pièces, en un vol. in-12 v. vert, tr. dor.

19. CERVANTÈS. El ingenioso hidalgo don Quixote de la Mancha, compuesto por M. de Cervantés Saavedra. Edicion corregida por la real academia espanola *Madrid J. Ibarra* 1780, 4 vol. in-4° avec fig. grav. en taille-douce, d'après les dessins de A. Carnicero, v. rac. dent int., dos orné, tr. dor.

20. CHAMPEAUX (de). Dictionnaire des fondeurs, ciseleurs, modeleurs en bronze et doreurs, par A. de Champeaux. A.-C. *Paris Librairie de l'Art*, 1886 pet. in-8 demi chag. rouge* .

21. COUSIN. L'art de dessiner, par Jean Cousin, excellen peintre français. *Paris, Jacques Chéreau* 1788. in-4° oblong, fig. en bois, n. rel.

22. DANDRÉ-BARDON. Costumes des anciens peuples, à l'usage des artistes, contenant les usages religieux civils, domestiques et militaires, des grecs, romains et autres peuples. Nouvelle édition rédigée par M. Cochin. *Paris. Jombert*, 1784, 4 parties gr. in-4° contenant plus de 300 planches rel. *.

23. DELAUNE (Etienne) dit Stephanus. Histoire de la Genèse, suite de 31 pièces (au lieu de 36), in-4°

sous couverture de papier gris (*Epreuves à toutes marges*).

24. DEMMIN. Guide de l'amateur de faïence et de porce. laines, poteries, terres-cuites sur lave et sur émaux. *Paris* 1853, pet in-8°, fig. cart *.

25. DUPLESSIS. Dictionnaire des marques et monogrammes de graveurs, par G. Duplessis et A. Bouchot. *Paris, Librairie de l'Art* 1886, petit in-8° demi rel. chag *.

26. ESTAMPES ANCIENNES en un vol. in-folio couvert en parchemin vert.

Recueil factice composé d'environ 320 pièces. Les artistes dont des œuvres y figurent sont les suivants : Aldgrever, Albert Durer, Lucas de Leyde, Callot, Etienne Delaune, Léonard Gaultier, Galle, Brebiette, Sébastien Leclère. La partie la plus intéressante se compose d'une soixantaine de pièces d'ornements d'orfèvrerie dues à Blondus, Delaune, Antoine Jacard, de Poitiers et Toutain, de Châteaudun.

27. ESTAMPES ANCIENNES en un volume in-fol. rel en basanne verte *.

Recueil factice contenant 200 pièces, dues à Bonnet Pariseau, Benard, Lucotte et autres graveurs.

28. ESTAMPES ANCIENNES, en partie du XVIIIe siècle, en un album in-fol. cart. *.

Recueil factice de 180 pièces : cartouches, marques, frontispices, frises, fleurons, vases, arabesques, panneaux d'ornements etc. Ces pièces, variées, sont signées de Bachelier, Caro, Cochin, Choffard, Dorigny, Eisen, Huquier, Oppenort Mme de Pompadour, Saly, et autres artistes du XVIIIe siècle.

29. GARNIER (Edouard). Histoire de la céramique, *Tours* 1882, in-8°, fig. demi rel. pl. percal *.

30. GRESLOU. Recherches sur la céramique, suivies de marques et monogrammes des différentes fabriques. *Chartres* 1862. pet. in-8° broch*.

31. HOGENBERG. Theatrum orbis terrarum. *Amsteledami*, (1564), in-fol. vélin de holl. tr. dor.

Ees plans de ville sont coloriés.

32. HONERVOGT. Les cris des marchands de Paris, grav, par Jacques Honervogt. S. D. (XVIIe siècle) 45 planches en 1 vol. in-4° rel. en parch.

33. JEAURAT. Les arts d'agrément, gravés d'après Leclerc. — Greuze, Boucher, etc., 10 p. — Les deux amis et autres pièces gravées par Larmessin, d'après Lancret, 7 p. — Gillot. Fêtes, de Diane et de Bacchus, etc. 10 p.

34. LIVRE d'ORNEMENTS inventé par Charmeton et Audrouet Ducerceau, 19 p. — Trophées, par Blondel, d'après J. Dumont, 6 p. en 12 parties. — Livre de différentes trophées inventées par Charpentier et gravées par Huquier, 22 p.

35. LARMESSIN (de). Les augustes représentations de tous les Rois de France (avec portraits de princes et deprincesses). *Paris, veuve Bertrand, 1619* in-4 contenant 80 portraits et un frontispice rel. bas.*

36. MAROT. BARBERET. A. BOSSE. Diverses inventions nouvelles pour des cheminées, avec leurs. ornemans, de l'invention de Jean Marot, 22 pl. — Ornements ou placarts, 12. — Recueil de plusieurs portes des principaux hôtels et maisons de la ville de Paris, ensemble, les retables des Eglises, 20 p. — Livres d'architecture d'autels et de cheminées de l'invention et dessin de J. Barberret, grav. à l'eau forte par A. Bosse (1633), 20 pl. — Porte cochère par Le Pôtre, arch., 6 p. — *Paris Mariette*, en 1 vol. in-fol. rel. en parch.

Intéressant recueil contenant ens. 79 planches, en bon état de conservation.

37. MOLINIER. Dictionnaire des émailleurs, depuis le moyen âge jusqu'à la fin du XVIIIe siècle. *Paris* 1885, pet. in-8° demi rel. chag *.

38. STRADA (de). Epitome thesaurus antiquitatum *Lug-*

duni. J. de Strada et Th. Guérin 1563, in-4°, nombreuses médailles gravées dem. rel. *.

39. UJFALVY-BOURDON. Les biscuits de porcelaine, orné de 36 gravures. *Paris Rouam* 1893, grand in-4° fig. broch. *.

40. VEGÈCE, homme noble et illustre, du fait de guerre et fleur de Chevalerie, quatre livres, Septe Jute Frontin... traduict fidelement de latin en françoys. *Imprimé à Paris par Christian Wechel, à l'enseigne de l'Escu de Basle*, 1535, in-folio goth. de 320 pp. plus 5 ff. liminaires et 2 ff. à la fin, dem. rel.

Edition rare contenant plus de 120 curieuses figures sur bois.

41. VIATOR. *De artificiali perspectiva* (par Jean Pellegrin, dit Viator, angevin, chanoine de Toul, mort en 1523). A la fin : *Impressum Tulli, anno* 1509, in-fol., en bois fig. rel. en parch.*

Cette précieuse édition se compose de 29 feuillets. Le premier, qui contient le titre, manque.

42. GUEVARE. Les epistres dorées et discours salutaires de don Antoine de Guevarre, evêque de Mondonedo, prescheur et chroniqueur de l'empereur Charles cinquiesme. *Lyon Estienne Michel* 1578, in-8°, vélin de holl.

43. GUYON. Histoire de l'Eglise et diocèse, ville et université d'Orléans, par Symphorien Guyon. *Orléans, Claude et Jacques Borde* 1650, in-fol. v.

44. JOLLOIS. Histoire abrégée de la vie et des exploits de Jeanne d'Arc, surnommée la Pucelle d'Orléans, *Paris imprimerie de P. Didot l'aîné* 1821, in-fol. front, et 11 planches gravées, rel. en m. grain long, rouge, fil, dent. sur les plats et intérieur, dos orné, tr. dor.

Bel exemplaire.

45. JOSEPH. L'histoire escrite premièrement en grec par Josephus le juif... et après mise en latin dont elle a este depuys faicte francoyse, contenant les guerres qui furent au pays de Judée.... *Paris Galliot du Pré*, 1530, in-fol. caract. goth. à 2 col, lettres ornées demi rel. v. f.

46. LEMAIRE. Histoire et antiquités de la ville et duché d'Orléans, par François Lemaire. *Orlèans, Maria Paris* 1645, in-4° v.

47. MICQUEAU. Aureliæ, urbis anglicana obsidio, et simulres gestæ Joannæ Darciæ, vulgo Puellæ aurelianensis. *Lut. Par. J. Dugast* 1631, pet. in-12 v. *,

48. MONDE (le) ILLUSTRÉ de l'origine à nos jours. *Paris* 1857-1897, 82 vol. in-fol. fig. sur bois grav. dem rel. m. rouge tr. j .*

49. VASSAL (de). Généalogies des principales familles de l'Orléanais, table des manuscrits du chanoine Hubert. *Orléans Herluison*, 1862, in-8° broch.*.

50. VASSAL (de). Nobiliaire de l'Orléanais. *Orléans Herluison* 1863, in-4° broch.

51. VAUZELLES (L. de). Histoire du prieuré de la Magdeleine les Orléans. *Orléans* 1873, in-8° fig. broch.

52. VERGNAUD - ROMAGNÉSI. Album du département du Loiret, in-fol. cart.

53. VIGNAT (Eugène). Les Lépreux et les chevaliers de saint Lazare de Jérusalem et de N.-D. du Mont-Carmel. *Orléans Herluison* 1884, in-8° fig. broch.*

RED. :

18

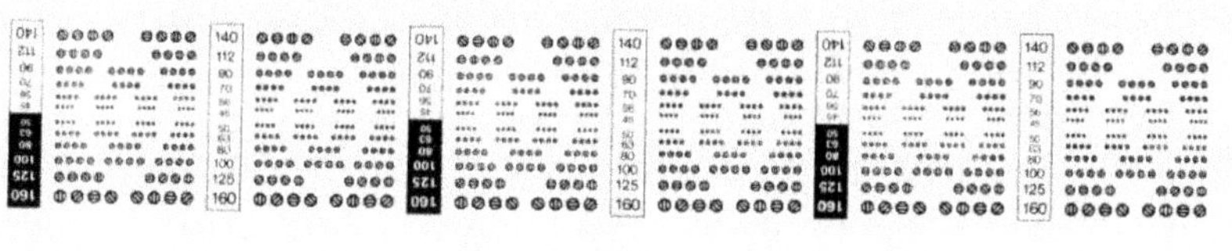

0 1 2 3 4 5 6 7 8 9 10

www.ingramcontent.com/pod-product-compliance
Ingram Content Group UK Ltd.
Pitfield, Milton Keynes, MK11 3LW, UK
UKHW022137260726
13993UKWH00003B/1497